為何旅行

——林鷺詩集

「含笑詩叢」總序／含笑含義

叢書策劃／李魁賢

含笑最美，起自內心的喜悅，形之於外，具有動人的感染力。蒙娜麗莎之美、之吸引人，在於含笑默默，蘊藉深情。

含笑最容易聯想到含笑花，幼時常住淡水鄉下，庭院有一欉含笑花，每天清晨花開，藏在葉間，不顯露，徐風吹來，幽香四播。祖母在打掃庭院時，會摘一兩朵，插在髮髻，整日香伴。

及長，偶讀禪宗著名公案，迦葉尊者拈花含笑，隱示彼此間心領神會，思意相通，啟人深思體會，何需言詮。

詩，不外如此這般！詩之美，在於矜持、含蓄，而不喜形於色。歡喜藏在內心，以靈氣散發，輻射透入讀者心裡，達成感性傳遞。

詩，也像含笑花，常隱藏在葉下，清晨播送香氣，引人探尋，芬芳何處。然而花含笑自在，不在乎誰在探尋，目的何在，真心假意，各隨自然，自適自如，無故意，無顧忌。

詩，亦深涵禪意，端在頓悟，不需說三道四，言在意中，意在象中，象在若隱若現的含笑之中。

含笑詩叢為台灣女詩人作品集匯，各具特色，而共通點在於其人其詩，含笑不喧，深情有意，款款動人。

【含笑詩叢】策劃與命名的含義區區在此，能獲詩人呼應，特此含笑致意、致謝！同時感謝秀威識貨相挺，讓含笑花詩香四溢！

2015.08.18

印度阿姆利澤的錫克教金廟

印北路見苦力婦女

終於走近喜馬拉雅山脈

古巴渡假村裡的海天之色

哈瓦那El Floridita酒吧的海明威與卡斯楚

古巴五一遊行先烈荷西塑像下的群衆

智利Los Vilos的漁村景色

智利私人自然保護區

與智利的自然景觀合影

與古巴少年相見歡

北越Sapa婦女的針縫歲月

蒙古國草原風光

北越Sapa原住民婦人的驚人大耳環

智利的野菊故鄉

蒙古國草原上的成吉思汗雕像

自序

秋

當我獨自一人
默默走向返鄉的道路
秋的顏色一路尾隨
我這才懂得
那些逐漸凋零的故事

小時候經常聽長輩說：「人生是借來玩的。」我對那個「借」的用語一直感到非常困惑，直到歲月漸長，年紀漸增，才慢慢體會其中只能意會的含意。基本上，人從出生到死亡，其實就是一場終點與長短無法臆測的旅程，又正因為這趟旅程有開始有結束，有選擇性也有不可選擇性的因素，所以每個人都只能在充滿變數，卻又彷彿已經被設定好的，時間的河流裡泅泳。這樣的說法聽起來好像很宿命，卻是一種無法逆轉的事實；即便如此，我卻常想：不可逆轉的定數是上天的事，可以掌握的卻是自己的意志。

人生之所以好玩是因為：我們永遠不知道未來究竟要發生什麼事？但是卻可以儘量去擘劃自己的人生藍圖，用選擇去營造自己理想的生活方式。活著自然也得勇於承擔每個人應盡的責任與義務，獨立不剝削別人更是基本的道德。

資本主義社會最大的問題在於，人因為追逐資本利得，往往忘了在人生的旅程上，究竟是為了工作而生活，還是為了生活而工作？如果人的一生不能在兩者之間取得一定的平衡，就可能活得像機械一般，日以繼夜耗盡有限而無趣的一生。

如果有人問我：為何旅行？我會說：旅行擴展人生的視野，保持生活的新鮮感；旅行讓人勇於冒險，使人懂得謙卑。旅行的目的不全然在看風景，旅行的感動經常來自人與人之間的互動與意外產生的故事。我向來不急著去太文明的地方或國家旅行，因為進步有時代表自然景觀正在逐漸流失當中，也常想：如果全世界的百貨公司內容都大同小異，那麼只要去過一兩家就差不多了，除非真的想知道這個世界究竟增添了哪些日新月異的新創產品。

我並不喜歡太過走馬看花的旅行。有機會背起背包徒步遊走一個地方，對我而言是一件很愜意的事；和家人開車外出遊玩也不愛預設太過固定的目標，共同尋找臨時起意的驚奇是最美好的樂趣。其實，旅行途中的偶發事件不管大小、好壞，總能內化成深刻的學習，成為最有價值的回憶。

人生很難等待，好體力與新鮮感不一定常常與人同在。因此，旅行可視為一件可大可小的事，千萬不要等到有錢了才準備去旅行。人的一生應該一面走一面看風景。只不過，很多時候旅行不一定是一件愉悅的事，因為當你走出這個世界，有很多人等著和你一生一會，有很多事情的發生將盤據你的一生。然而，悲喜交錯才足夠讓人思索我們短暫的一生。

旅行、母親與我

黃威霖

對於哺乳動物而言，生命的第一趟旅程都是以子宮為起點，途經產道至這個消耗他們餘生的世界，我也不能例外；另一件沒例外的是，子女人生旅途的起點往往是母親旅行的終點，要不然也是一個長達幾十年的休止符，思慮至此，能為我母親這本以旅行為主題的詩集寫序，贖罪的成份遠大於其他。

我當然是先認識母親再認識旅行。記憶來自生活，因為擁有一個負責任的母親，所以就有小至菜都涼了你們到底要不要吃，大至老爸住院但你要好好準備考試等等的細瑣；然而，在日常的家庭劇場，我們不時會聽到母親年輕時的旅行記憶，像是救國團健走或懷著我去中橫之類的（言談中母親對自己的腳力非常自豪，然而對一個不會游泳的海口人而言，這應該是碩果僅存的動物求生能力）。相較於喜歡炫耀自己X天走N國的長輩，母親喜歡說那些具有冒險精神的部分，這種性格奠定她在被家庭束縛許久以後，仍然能用青少年的心態看待旅行這件事。我認為這受惠於母親的詩人本質，她喜歡在旅途中花時間觀察所有引起她感興趣的事物，有時是花花草草，有時僅僅是一個車夫純淨的微笑。對於一個經歷過許多風霜的母親而言，世界要維持得這麼新鮮並不容易，但我以身為她兒子30多年的權威，認定她在這方面表現得很不錯。

所以，請認識我母親的讀者由她的個性來體會這些詩作的心境，而不認識我母親的讀者，則何妨來鑒定一下她是否是一個好的旅行者與詩人？相信你們的回應，對我的母親而言又是一場愉快的探險之旅。

2015.8.9

唉！詩人！

黃暖婷

記得從高中開始，每當我的朋友或同事知道家母是個詩人以後，不免對我說：「妳媽是個詩人耶！」我通常則是白眼一翻，嘆息一聲──「唉！詩人！」因為他們都不知道，就像耶穌說「我是α也是Ω」一樣，詩人既然像舍弟在前篇序文中所說的，是心靈可以永遠維持新鮮的一種奧妙人種，當然也代表著身旁的人三不五時會無法理解詩人的不按牌理出牌，甚至有時候必然得承受一些小小的，不時令人有點煩躁的代價。

我來到人世，對母親來說也開啟一場長達二三十年，完全不在她預期之內的人生旅程。根據家母表示，總體而言，我給她惹的麻煩遠超過舍弟（或者是說，我弟長期以來享受我的「革命成果」），因此個人覺得我的罪孽其實遠比前文作者來得深重，所以也願趁此機會，和大家分享一下我眼中的詩人老媽。

說來有點奇怪，儘管大家認為詩人應當是遣詞用字相當精確的一種人類，但是實際上我們之間卻經常出現「那個是哪個」，「你這個到底在說什麼」（發問者通常都是我）這樣的對話，但也就是如此，我經常在進一步的問題中，發現詩人作品背後潛在的內心小宇宙，並且發現對於其他人的老媽來說，由於詩人老媽的思考本來就挺不按牌理出牌（雖然一路上她也經常覺得我很「不按牌理出牌」），以致於她在賦予我和弟弟為文能力的同時，反而讓我們同時擁有一顆能夠到處隨遇而安，甚至正面詮釋旅行中一些換做別人可能不開心的旅人心情，如今想來，對於每年都要出國出差的我來說，這種到處好吃好睡又好玩的「出差命」，還真是家母賜給我的一大資產。

所以，既然舍弟希望各位讀者來鑒定一下家母是否是一個好的旅行者與詩人，我也在此希望大家在讀過家母的作品之後，能夠從一顆經歷世事卻仍有著熱情小宇宙的詩心當中，獲得一種新鮮，並享受您生命中的每一場旅行。

2015.8.9

目　次

印北紀行

詩遊古巴

吟唱智利

關西掠影

柬埔寨剪影

越南Sapa捕影

蒙古詩旅

北海詩情

淡水情聲

蘭陽詩情

楠溪詩抄

人與地詩誌

蓮華螢曲

餘波詩語

印北紀行

給索南措

綰著一個俐落的髮髻
妳的眼波流動清澈的寂寞
我們伸出手腕
收藏妳為我們祈福的紅絲帶
欠身讓妳為我們披上
如雪的哈達

親愛的索南措啊
妳窗外的山谷
就要開始瀰漫黃昏的薄霧
孩子從幼兒園接回以後
母女又將一起溫習
男主人掛在牆壁上的笑容

我們就要繼續面對
另一段漫長旅途的征戰
離開這沒有魚的世界
懷念從妳的聲音

漂流出的
對於海湖嚮往的信息

妳說你們因為相遇
所以選擇分離
我說我們因為錯過
所以偶然相遇
流浪的雪山獅子旗
用預約希望與幸福的承諾
裝飾妳空白的那面牆壁

親愛的索南措啊
妳說妳對於愛情的承諾
不能回頭
回頭將是一輩子的分離
令人不安的是
必須等待無法計數的雨季

寫於2011.8

刊於《笠》第285期，頁15-16

附記：2011年5月在印北圖博流亡政府所在地德蘭薩拉擁擠的公車上，因為錯過一班回旅館的車班，認識了公車鄰座一個來自中國四川的單親藏族媽媽。她抱著約莫兩歲多，發燒中的虛胖小女兒，剛看過醫生，正要回山谷下的租所。接下來幾天，我聽著她的故事，知道她翻越喜瑪拉雅山逃到此地的先生正在英國打黑工，打算取得居留權以後，把她們母女接去團圓。只不過，這個承諾的等待卻無法預測何年何月何日才能實現。她無奈地說，先生告訴她，無論如何都不能帶著孩子回中國，否則他們一家人將永無團聚的一天。

青年Thakur

邊境的旅行開啟了奇妙的機緣
你是我前世的兒子嗎
我們可曾相約在Amritsar相見
短短幾天
熟悉勝過數十年

你說你的專長是咖啡和水煙
我端詳你的眼神
竟然有我生命裡的浪漫
爽朗的笑聲絲毫也沒有雜染
擁著我的肩
牽住我的手
左一聲Mama
右一聲Mama
我們一起走在
沙塵暴來襲的Amritsar街道
黃昏的樹看起來格外蒼老
我怎能不憐惜你
年輕又無比成熟的風霜

你是我前世的兒子嗎
陪我在Amritsar臥病的床榻
離開以後
竟然成為一個母親日夜的牽掛

寫於2011.8
刊於《笠》第285期，頁16-17

附記：2011年5月下旬我與兒子自助旅行到北印度錫克教的勝地阿姆利澤（Amritsar）由當地青年Thakur陪伴到邊界。出以後來，口渴難耐，可能因此誤飲小販叫賣的不合格瓶裝水，半夜上吐下瀉，小兒甚至渾身打寒顫。兩人臥病旅館，過了甚為驚恐的幾天，發現從台灣預先準備的藥物，到了印度竟然完全失靈，幸虧有Thakur的殷勤看顧，請來他眼科醫生父親的內科醫生朋友前來旅館看診，才得痊癒，繼續未竟的旅程。

邊界的語言

誰說這是一個男尊女卑的世界
她受傷的左臂正好測試一個男人的溫柔
熱浪的指數衝湧面向黃昏的旁遮普省
激情的人群走升了印巴衝突不斷的耳聞
面對東印度來的機師
他正溫柔地用手帕拭去妻腋下的汗珠

邊界的鐵絲網纏繞著荒地上的水泥柱
一如支撐起她手臂纏繞著的白紗布

這確實是一個男女十分不平等的世界
突然被分排分坐地隔離開來
讓陌生的手掌交換起不被沖散的默契
她是東印度來的小學老師
我小心地拾起從頸項垂下的長紗巾
為她拭除抵擋慌亂濕透手掌心的汗珠

寫於2011.8

刊於《笠》第286期，頁21

附記：難忘一起共乘小巴士前往邊界的印度國內線機師夫婦。溫柔的先生帶著太太來印北看手傷，卻敢於擠身在可怕的人群當中，準備參觀印巴兩國有名又有趣的降旗儀式。進場前男女分走的人流，讓我們被迫在慌亂的人群中找不到自己的旅伴，兩人靠著緊握彼此的友誼之手，得以安全回程，過程因為某種友誼的默契留下難忘的記憶。

奧修的睇視

我的腳步
有如天啟般地發現
發現你正處於離我心靈
最接近的距離
你那如詩一般的思維
正圍繞在你曾經安靜仰望過的天空裡
至於那悠然出塵的白雲之道
也以無比清逸的姿態
隱藏在你那
一綹
雪白得反亮的濃密鬍鬚裡

我明白這的確是個脆弱又虛妄的世界
永遠無法承載你睿智如針般的雋語
何況你清亮如炬的眼神
不只一次灼傷過這浮世輕狂的交感神經

當我旅行到這個有如亂語的世界
從餐廳靜坐的角落裡

偶然抬眼望見
你正巧妙的
以一首長詩的氣息
投擲我以嚴肅又抒情的睇視

你引領我
走進你生長且思考過的國度裡
引燃我心靈深處的高度狂喜
哈～我怎麼能夠在這向晚的時分
向著你流動且受爭議的眼神
如此靠近

寫於2011.8

刊於《笠》第286期，頁22

附記：黃昏從旅館外的餐廳偶然抬眼望向那個美妙又沉靜的奧修書局，奧修巨型的照片透過一整個窗，讓我彷彿當下與這心靈大師進行對話一般。

夜車

排除不了大雨過後的悶熱
我們因結束而來
向著不可預知的方向而去
No air-conditioned的小巴
繞行一整夜的崎嶇山路
超齡又瘦弱的他
掌握著由不得我們的選擇

In nature?
In nature!
親愛的以色列car-mate小姐
必要的解放
Also have no choice
就算車泊在中途的休息站
也毋須辨識彼此的容貌
只要徹底relax就好

摸黑攔車半山腰
那是護送胞妹遠讀的
睿智圖博好青年
相談甚歡不過一瞬間
一高一低
但見裹著披風的背影
從微涼的天光
倏忽閃入不知去向的小山道
唉！
該如何為他們祝禱

寫於2011.9

刊於《笠》第286期，頁23

附記：深夜從德蘭薩拉搭小型巴士前往喜馬拉亞山脈下的Manali，司機竟然是一位年約七十幾歲的瘦小男士，彎曲的山路到處有挖土機在施工，路過一片漆黑，偶有小鎮的雜貨店帶來些微刺眼的燈光。同行的三個年輕以色列姑娘，一路上不知吐過多少回，對於半路竟然得摸黑在半山腰野放，十分驚訝的問了我，我肯定的回答她，在蒙古國旅行也是如此回歸自然的。一路上更不可思議的是，時光彷彿倒流了四五十年，半夜真的不時有人帶著行囊攔車問路，上車來的還是一對藏族兄妹，哥哥畢業於德里大學歷史系，英文流利又有見地。他奉令護送妹妹去剛考上的大學報到。妹妹一上車就蒙頭裹緊在披風裡，倒頭睡到目的地，只不過最後他們兄妹一起從彎曲山徑的天光中隱去的身影，卻勾起我一股莫名的牽繫。

小店員

對我的想像來說
那將會是個什麼樣的季節
當你必須啟程前往加爾各答
我又為什麼總是在不同的街道
與你不期而遇

月薪四千盧比
除了安頓遙遠的家
還得為弟弟工學院的學費埋單
這年頭不把小費充公的老闆
你說在哪裡還能找得到

你樂意聽候季節的召喚
雖然錯被當成幾家店的老闆
在黑框眼鏡的背後
可是滿足又自信地說
那可以是好幾年以後的事
現在的你只想請問
買不買來自加爾各答的皮貨

假如有一天
我終於在加爾各答的商店
不期然與你再度相遇
那將會是個什麼樣的季節
對於你我的記憶

寫於2011.9
刊於《笠》第286期，頁24

附記：在相距德蘭薩拉十幾分鐘車程的山上旅店，每天一早出來都碰到一個勤快的好青年在打理皮包店的周圍，準備開門營業。他的敬事態度讓我們以為他是店老闆，後來有天晚上和兒子散步到附近斜坡道上的服飾店，又發現這位已經認識，戴著黑框眼鏡的店員正在忙著做生意。他抽空和我們聊了一下關於他的身世與故事，我們才知道他所出現的兩家店都是屬於同一個老闆，他只是被信賴與善待的小店員，一年當中還得被老闆派去加爾各答的分店工作。他說希望有一天自己能夠成為真正的老闆。我們被他認真做事，勇於承擔家計的努力所感動，還一起在昏暗的燈光中合照留念，可惜影像並不清楚，然而雖然只是短暫的相遇，卻已經很難把他忘記。

黃金廟

熾熱的太陽滾燙朝聖者的信仰
綁起頭巾
洗滌足板
安靜赤裸的雙腳
遶境莊嚴肅穆的神聖殿堂
衛教武士的腰際也配上雪亮的彎刀
劃破種姓制度的障礙與藩籬
眾生平權的信念
已然淬煉出九九純度的黃金
合心栽出一朵
絢麗入世的閃閃極品金蓮
竟日從映照天顏的池中
震盪出不曾間歇的聲聲唱讚
不遠處的戰爭博物館
乞求和平的火焰仍不止息地燃燒
在死難者橫躺豎臥過的廣場

穿透紅磚壁的彈孔
依然為了受傷而默默哀悼

寫於2011.10
刊於《笠》第286期，頁26

附註：印度的阿姆利澤是錫克教的勝地，以一座純金打造的黃金廟聞名，廟建在池中，四周圍以白色的長廊，既莊嚴又肅穆。24小時都有信徒排著長長的隊伍，一面唱讚，一面赤腳走過池中一條通往主廟朝拜的長徑，距離黃金廟外百公尺處，則有一個紀念抵抗英國殖民暴力的戰爭公園與博物館，正好是戰爭與和平留下來的寫照。

原始林

這是一幅幸好不必被切割的畫作
正是豔陽高照的夏日
我們從畫的角落尋找一條幽徑
走進林木昂然遮天的原始林
所有的陽光都無法炙熱
所有的投射都停止猖狂
它們謙卑地尋找枝葉的隙縫
穿梭光線的溫柔與變化
隱身林內的岩塊
腳踝裹上一層絲絨般的青苔
隨處舒坦放適地躺臥

走入鳥族的樂活世界
聆聽神界的唱讚
我們終於學會
另一種心靈的沉默
仰望挺拔環繞的高聳
相蹴於天空的墨綠樹髮

宛若萬花筒裡幻化的傘花

溪聲傳來禪悅的另一種喧譁

喜瑪拉雅山脈的雪還在融化

我們竟然藏身一幅原始林的風景畫

刊於《笠》第285期，頁17-18

附記：2011年5月在喜瑪拉雅山脈下的Manali國家公園，靜靜的，靜靜的與千年的原始林面對，進行一場親子與心靈的對話。

面對喜瑪拉雅山脈

我終於走向了你
走向你無比寬敞的懷抱裡
你垂掛無數奔流的紗幔
用豪邁的沉靜撞擊我心靈的視窗
我終於豁然明白
純潔的原色來自雪的故鄉

巍峨征服了萬物的卑微
渺小臣服於天地最初的信息
幾株逆風顫危危挺立的小樹
就在不可思議的雪色山巔盡頭
我終於靠近了你
靠近泰戈爾醞釀過的不朽詩篇裡

寫於2011.8

發表於《笠》第285期，頁18-19

附註：據說泰戈爾的父親在他小時候，曾經帶著他走過這條相同的道路去喜馬拉雅山脈旅行。

回味Chandigarh

阿勃勒的原鄉
小徑搖曳曲折的黃金珠簾
夢幻的藍天啊
如彼甘願於沉默多情的襯讚
以愛的基點宣揚

給一個棋盤的秩序顛覆India
給一個秀麗的人工湖游移India
給一個童趣的公園樂活India

藝術家的狂想
建築師的展場
尼赫魯的夢鄉
外加佛陀的臉

明星般的幻夢友善著Chandigarh
竟是難得的活動觀光景點

在沐浴著黃金雨的原鄉
微笑接受鏡頭合照

寫於2011.10

刊於《笠》第286期，頁25

附註：旅行到印度總理尼赫魯生前為了宣揚國威，先後引進美國和瑞士建築師所規劃的棋盤式公園城市Chandigarh，進了柯比意生前所擘劃的殿堂，才知道原來人類生活的建築空間，到處都展示或延伸著，這位對世界影響深鉅的偉大建築師的意念。Chandigarh有一個甚富童趣的公園，在這裡我們竟然像明星一般，成了四處被要求合照的對象。

詩遊古巴

給古巴

因為不認識你
所以睜大眼睛看你
看你的有
看你的沒有
詩人José Martí低頭
屈膝革命廣場
高聳的勝利紀念碑前
優雅沉思這個國家的前景
Ché Guevara的浪漫
征服了所到之處的感念
接受一朵盛開的古銅片玫瑰
她傳遞出傲然的馨香
你的子民說貧窮不是問題
藝術與熱情足夠填補生活的缺隙
友善與自信才是天生的勇氣
愛情在這裡美好
自由燃燒
黑白面相共生的布娃娃

從小開始落實膚色平權的教養
時空交融的今古（筋骨）
顛覆我看古巴的視角
我睜大眼睛看你
看你的有
看我的沒有
我剛剛才認識了你

刊於《笠》第302期，頁35-36

耳語

掛在牆壁上的
兩個男人
耳語著
雄性勃發的私語

臉龐如此傾近
年齡如此對照
豪情如此相應

他們是征戰的男人
在海洋
在陸地
他們是倔傲的男人

只看得到
Revolución para siempre
（永遠革命）
一種標語

走進酒館
卡斯楚年輕英挺
海明威中年結實
他們耳語
搏鬥生命的交情

刊於《笠》第302期，頁36-37

附註：側記古巴哈瓦那El Floridita酒館牆壁的一角。

TAXI的形式

老爺車
三輪車
嘟嘟車
Ché Guevara的摩托車
巨型貨車
現代化小轎車
帳篷馬車
路寬宏地讓度了
「馬」路的原始啟蒙
隨意揮揮手就是短暫的驛站
奔向各自的方向

行動視覺的彩度
想像力的自由無比奔放
十字路口
熟悉的小綠人賣力地起跑
斑馬線不存在的街道
在Taxi的形式

被徹底解放的國度
確實證明
可以通行無阻礙

刊於《笠》第302期，頁38-39

附註：記古巴種類型式繁多，色彩驚異的Taxi風情。

詩在深夜的Ciego de Ávila

庭園的夜分外溫柔
詩是語言
詩也不是語言
詩是越境的心情
詩是無國界的愛語
詩在深夜的Ciego de Ávila
大聲呼喚出Taiwán母親的名字
遙遠啊
遙遠的征途
以詩的榮耀說出自己的定位
在同樣有著被殖民傷痕的地方
詩是心靈的慰藉
詩是夜空的流星雨
詩是深夜的馬蹄聲
扣囉扣囉
一陣來　一陣去
敲打著詩在夜裡交會的節奏
米黃色的西班牙式建築

溫存了
詩在深夜的Ciego de Ávila

刊於《笠》第302期，頁39

附記：Ciego de Ávila是位於古巴中部的美麗城市，到處都是西班牙殖民時期留下的建築2014年。5月6日晚在當地藝術中心廣場的詩朗誦會一直持續到次日凌晨，伴隨馬路馬車經過傳來的陣陣馬蹄聲，詩意盪漾。

海的重逢

是海就要盪漾
是藍就得澄澈
自從離開了Isla Grande
心中只剩一種顏色
碧藍
碧藍如寶石般剔透
純淨

來自加勒比海
來自清純波蘭修女
瞳眸的清碧無邪
所以激盪
激盪日夜思念的海洋
激盪上帝無言的明喻

生命一甲子

無邊際的波動

在Varadero古巴

是生之旅程最遙遠的地方

是激動擁抱的夢的重逢

視界　晶碧一片

是海所以盪漾

是藍翻轉澄碧

寫於2014.5.15

刊於《笠》第302期，頁40-41

附註：古巴詩歌節結束以後，大家一起驅車前往哈瓦那近郊的度假村，蔚藍的海天，潔白如洗的沙灘，讓我不知不覺懷想起難以忘懷的巴拿馬離島風情，心理得到極大的慰藉。

告別哈瓦那

¡Hola! Habana.
天未明就要告別昨夜回味的
海明威最愛薄荷甜酒香
樂團暢快熱情的女聲合音
也已夾藏在
《老人與海》黃色的封面裡

我的行囊裝有切格瓦拉的帥氣
他不朽的革命浪漫
似乎依然沾染著雪茄的香氣
這裡是荷西・馬蒂的詩篇
色彩繽紛　節奏輕快
強人隱匿的圖騰
卻是存留心中未解的疑題

哈瓦那標誌出
綠色鱷魚的社會主義傳奇
耳際依稀縈繞

革命廣場五一勞工嘉年華
遊行群眾震耳歡聲
呼聲不斷的：
¡VIVE! ¡VIVE! ¡VIVE!
……
餘音震撼！

揮別難忘的詩歌節盛宴
揮別小酒店的歡樂
回味一杯道地的古巴咖啡
久久停駐的甘醇香氣
急馳在黎明乍現的光亮裡
回味一路乾淨
咀嚼四處典雅
最後再輕輕說一聲：
¡Adiós! Habana.

刊於《笠》第302期，頁40-41

附註：(1) ¡Hola!問候語。(2) 荷西・馬蒂（José Martí）為古巴獨立先烈。(3) ¡VIVE!（萬歲）。(4) ¡Adiós!（再見）

吟唱智利

訊

冬雪未褪
詩的詞句還紛紛點綴
高低起伏的山頂
俯瞰Santiago的天空
雲和雪
一樣純潔
從雲霧裡靠近
聽見詩人的腳步聲近了
飛行千萬里
我是野鶴
用輕盈的心音
降落Chile
降落一個不斷
從詩篇想像的國境

寫於2014.10.8晨快飛抵Santiago機上
刊於《笠》第305期，頁54-55

一個問題
——給Pablo Neruda

我來
以詩　以歌
以海浪的聲音與味道
造訪你的浪漫

我在你的臥房裡流連
默默感受
愛情存在摧毀一個人的力量
如同窗外的波濤
強烈撞擊你給愛人的一個問題

Una pregunta

你說
愛情不只是
身體與身體的對話
你說
相愛的人都應該堅定信仰
隱藏在愛情裡的祕密

情人們啊！
當愛情來訪的時候
你們必須傾注相互摧毀的能量
攜手進入靈魂的天堂

我來
站在你的床前
細聲朗讀你寫給愛人的一個
問題的顫動

可歌頌的詩人啊！
你的情詩和著陽光和海浪
正熱烈地
在你明朗又曖昧的臥房窗外
交纏

寫於2014.10.11智利瓦爾帕萊索（Valparaíso）
聶魯達住所庭院

刊於《笠》第305期，頁59-60

寫給Neruda（華語）

從小時候開始我就和你 樣
瞭解海浪的脾氣和歌聲
天如果晴朗
海鳥的叫聲就會讓我想歌唱
天如果暗了
看到海上的燈火閃閃熠熠
也如同我讀著你寫的情詩一般
句句在我的心海裡
浮浮沉沉

繞過超出大半個地球
來到你的床邊
我細聲唸出
你寫給愛人的詩句
句句重重打入我的心坎裡
彷彿你就在這房子裡
進進出出
啊！
我多麼想為你大聲朗讀一首詩

寫給Neruda（母語）

自細漢阮就佮汝相款
瞭解海湧的脾氣佮歌聲
天那清朗
海鳥的叫聲就會給阮想要唱歌
天那黑暗
看到海上的燈火閃閃熠熠
就親像阮讀著汝的情詩
句句踮佇阮的心海
起起浮浮

踅過不只大半粒地球
行到汝的眠床邊
細細聲唸出
汝寫予愛人仔的詩句
句句重重打入阮的心肝窟仔
好親像汝佇這間厝內
出出入入
啊！
阮足想要為汝大聲讀一首詩

致詩人文森
——Vicente Huidobro

你的詩句
並沒有被土地埋葬
這是春鬧的季節
詩人們
在你的跟前吟唱詩句
傳遞熱情
給遠方美麗波動的海灣
鳥兒們
愉悅地啁啾鳴唱
為你摯愛的大地鼓掌
野花
四處蔓延
彩顏著風中的野地
我們來自地球的四方

為你朗誦可愛的詩篇
感通你

就在我們的周圍
流連徘徊

刊於《笠》第305期，頁55

附註：2014.10.12寫在前衛詩人文森．維多夫羅（Vicente Huidobro,1893~1948，創造主義Creacionismo倡議者）墓園獻給詩人的即興朗誦詩。

Los Vilos風情

詩的龍腳行過山與海的長廊
踏上長絲帶的腰際
這裡是黃色野菊舒展的故里
春天肥了海鷗的臀形
巨大的美人魚躺在海邊的牆際
粉彩動感著漁人的寫意

走進屋頂十字架傾斜的小教堂
謙卑跪地
受天啟的詩人怎麼也不曾想過
她生平的第一次奉獻
竟然發生在如此遙遠的美地
她應該也不會忘記
昨日小徑上淡紫花開的野薊
不經意就賞賜她
伸手觸摸的鮮血一滴

懺悔吧
所有的靈魂都不夠聖潔
如同那被風搧動的向海落日
終將在海天中隱沒
橙紅的雲彩也會隨之褪去

夜是如此沁冷
寒氣絲絲滲透筋骨
小木屋的皮肉哆嗦著驚醒
屋外伸展至家鄉的太平洋上
聾了船隻啟航的笛鳴
這夜
在Los Vilos只是單純的清晰著
一波又一波
浪濤激情拍打翻滾的聲息

寫於2014.11.10

刊於《笠》第305期，頁56-57

給詩人米思特拉爾
——Gabriela Mistral

我聽到小孩們嘻嘻哈哈的笑鬧聲
妳的詩在溜滑梯
妳的詩在盪鞦韆
妳的詩在遠遠的山坳裡翠綠
走向妳的天空清藍無比
我已經品嚐妳的智利
紅酒溫潤而香醇
讓我舌尖上的詩意也醉醺
妳屋前不知名的大樹
以橘橙的髮葉展示妳心中的季節
妳簡單溫馨的臥房廊外
有一朵純白的玫瑰說著妳的話語
妳的詩在小花園徘徊
妳的詩在樹蔭下沉思
妳的詩在妳安息的小山丘上
聆聽並擁抱詩人們獻給妳的心情

寫於2014.11.15

刊於《笠》第305期，頁57

附註：Gabriela Mistral（1889-1957），智利女詩人，1945年諾貝爾文學獎得主，也是拉丁美洲第一位獲此殊榮的詩人。她出生於智利北部的科金博省，曾經是坎特拉小學的教師，後來擔任過智利駐義大利、西班牙、葡萄牙、布魯塞爾和美國的領事。台灣詩人與世界詩人組織成員在2014.10.18前往埃爾基山谷（Valle Elqui）皮斯科村，參觀她的居所和紀念她的博物館，並在墓園向詩人致敬，每人為她朗誦4行自己的詩。

垂死

生長在一片天然野地
你不知名
你無聲無息
你垂下失去活力的頭顱
抵抗著死亡的引力
陽光沒有差別心地照耀著你
海浪卻撞擊著崖石歌唱
鷂鷹悠閒又自負
在寬廣無邊的海上藍天
展翅玩弄著風的流速
遠處的礁石
傳來海獺家族的示威號鳴

我們相遇
在這放眼無人看管的花草叢裡
你不經意地讓我閱讀了
自生自滅的自然律
我用鏡頭永恆了你的不甘心

雖然春天在智利
正熱烈催熟
滿山遍野的動情激素
獨獨你
讓我疼惜
兀自在這裡的掙扎與憔悴

刊於《笠》第305期，頁58-59

附註：2014.10.19進智利Los Molles私人自然生態保護區，偶然的發現與詩寫。

關西掠影

京都浪人

小橋　流水　露天居酒屋
奇幻花間小路
驚見宮崎駿的少女
神隱夜色
彎弄小小的圓紅燈籠
伸出老木屋的腰際
默默窺視傳說中的遭遇

白髮一頭
背包半肩
半醉的罐裝啤酒在手
他來自蘇格蘭
站立深夜的公車站牌
悵惘目送
微醺的友人上車遠離
回頭轉身
突然拍拍我兒肩膀
自述浪跡京都37年
生命最大的驚悚

不在起起伏伏的大風大浪
竟是來自兄弟的一通
老母驟世的噩耗

我兒善意回應：
很能體會你的心情
魁梧的他哈出酒氣
苦笑著問：
你的媽媽此時就在這裡
你如何能夠感受我的心緒

疲累的車燈急來急往
壓聲閃熾圈圈光暈
古城一日的聲息已盡
慢慢清晰著　陣陣
街友翻找垃圾桶的希索聲
此刻我們就要揮手離去

刊於《笠》第299期，頁58-59

金閣寺

引一道
冷峭靈動的劍光
進入
道之門

一朵金色蓮花
浮動
池的倒影

清風自在
焚美成燼的小和尚
杳離木舟
獨浪心折傳說
波動醉語

遙望
凌空獨立的
浴火鳳凰

早已展翅飛鍼
金粉浮撲的
色相

寫於2005.4日本金閣寺誌記

鬱金

春綠與秋黃
交疊出
鬱金的容顏

在櫻墜的長徑
擺盪
飛靈的身段

捨棄了粉嫩
斷滅了豔紅
刨霧了雪白

縱使
模糊焦距
鬱金的悠然
反倒驚顫出　那
無聲的墜落

記2005.4日本大阪造幣局櫻花隧道

附註：鬱金是櫻花的一種，花色淡綠。

柬埔寨剪影

道之門

在眾多走向高點的步伐中
時間已經敗壞
我這世的家人正與我同行
一起在廢墟中
體驗崇高與卑微

有一種存在
連天空都無法盡然俯視
有一種想望
曾經以高塔的堆築
想要和天空對話

所有的奇蹟都無法丈量
所呈現的不可思議
深深隱含
一種不想被摧毀的慾望
然而　看得出
時間還在默默地敗壞
如果恐懼只是繼續停留地面

確實僅能目視到一個門
一個遙遠在天際
虛無著的
空門

仰望清澈的藍天
仰望人間須彌的最高處
隱然存在
一個深不可測的暗示
靠近崇高
靠近美
靠近四方皆在的道之門
我和我這世的親人
在吳哥窟
見識時間以無聲的力量
不止息地敗壞著永恆

寫於2014.2.7

發表於《文學台灣》91期秋季號，頁71-72

車夫的微笑

年輕人
你怎麼可以
以無比清純的微笑
征服了我活過的歲月
這是偶然的相遇
在群眾激烈抗爭的金邊
只有群鴿無事
咕咕　咕咕……
反覆在天空盤旋
在廣場降落
你豈是苦力的孩子
卑微不過是他者的心理
當千百萬個異地過客
來此尋覓傳說中
那個微笑的奧祕深處
因為你
彷彿解開了無上謎題

你是天的
年輕人

寫於2014.2.25

發表於《笠》301期，頁52-53

附註：旅行了很多地方，看到有些國家的年輕人被命運綑綁，卻又安然自適的努力求生活。

這位語言不通的金邊車夫，每天到我們住宿的旅店周邊招攬客人。他總是帶著一抹沒有雜染的微笑。有一天我們請他載去金邊市區，要他稍等再載我們去下個地方，他沒聽懂就回去了，車資也沒拿。我們回到旅館不敢回房。等他看到我們，依然是開心無邪的笑著。我預約他送我們去機場，順手多塞給他一點小費，他用力地握了握我的手，離開時不時回首。這種使人撼動的笑容我一生只碰過兩次，另一次是在巴拿馬深山巧遇一個全身漆黑的青年勞工，抱著一個偌大的竹簍從山上下工，小路上相遇一時煞住的笑容。他們常讓我思索：我們究竟從生命中失去了什麼？

一張臉

我帶回一張臉
一張既不陽剛也不陰柔的臉
一張既驕傲又謙卑的臉
一張既嘲諷又悲憫的臉
一張既沉睡又清醒的臉
僅僅是一張臉
一張讓我想起蒙娜麗莎的臉
一張讓我每天痛醒的臉
一張讓我日夜沉思的臉
一張讓我不免陷落的臉
就只是一張臉
一張看不到眼神的臉
一張看不出年齡的臉
一張看不透線條的臉
一張看不穿餘波的臉
僅僅十塊美金換來的一張臉
一張傳說已經徹底被自己
丟棄的臉

一張不斷被爭議朝貢的

沒有聲音卻是讓人不安的臉

寫於2014.2.10

附註：2013年底，我們一家人決定一起去柬埔寨跨年自助旅行。該國的國王奢耶跋摩七世（JayavarmanVII）是一位從印度教改信大乘佛教的君王，他歷經戰亂，卻為他的子民留下一抹神祕的微笑，那是舉世有名的「高棉的微笑」。我有心帶回這個讓人難解的微笑，可惜走遍各個商店，看到的都是商業化的藝品，直到快離開以前，才在一間寺廟的小廣場上，碰到一位年輕的畫家。他以水彩線條俐落的筆法呈現貼近國王的那一笑。回來後，我找了許久，終於奇蹟般，從跳蚤市場找到一個可以契合的老木頭畫框，日日目視、思索那一張垂下眼瞼，意深難測的臉。

越南Sapa捕影

少婦

跟隨妳
跟隨微雨
跟隨雲霧
跟隨雲霧裡的高高低低
高高低低裡的
泥濘與水窪

曲折的山徑
步履搖曳
五彩手織布的裙襬
彈奏上上下下的節拍
我們繞著一整座山
妳起伏的背後
嬰兒貼著母體的溫度
竟無半點哭聲

羊腸纏繞不休
我在山中

跟隨妳
跟隨上上下下的梯田
跟隨被拋棄的時間
叨絮
妳無法擺脫的一生

刊於《笠》詩刊第307期，頁58

銀耳環

背起手編的竹籃
妳牽住我的手
交換彼此不真實的年齡
消逝三十多年的歲月
在這冷冬
光臨著化外的時光隧道

放眼休耕的水田
默默承接千千雨絲
雨絲裡蓄涵的萬千柔情
勾勒出
畦畦望天的明鏡
等待著春鳴

少了一雙力抗泥濘的雨鞋
倚靠妳粗糙的手掌
為我捕捉
田埂上驚闖頻頻的打滑

妳那巨圓的銀耳環
則垂懸在穿光的耳洞裡
不停地搖來晃去
對著我拚命
喊痛

刊於《笠》詩刊第307期，頁59

銀手鐲

魚的圖騰註記著妳的族群
黝黑的膚色
必須以純銀的亮度來打光
雞啼豬鳴的混沌歲月
不怕植物的天然手染暈漬
正好由細針細線
來穿梭時間的細縫
縫縫補補
拼拼貼貼
至於男人山野獵物的不足
魚確實很適合想像

藉著友誼的手
妳費力為我戴上的銀手鐲
我再也不曾拔下
那雙不斷琢磨著我的體溫
復活的魚眼睛
如今卻意外的明亮

日日

在妳無法臆測的浪紋裡騰躍

我只想告訴妳

魚與浪註記著雲煙交會的光彩

千鐲的亮度

已經測試了不會再見的純度

刊於《笠》詩刊第307期，頁60

蒙古詩旅

七月站上草原之巔

七月
我的心
被綿延的綠色滲透
無邊界的風
在高處盡情地鼓動
天與地
聽到吁喘的呼吸
正向著
上帝君臨的地方靠近

七月
水草的豐腴
馳騁馬鞭盡情揮動的音符
嘹亮的馬背童音
旋動遠近奔騰的豪情
揚起節奏無限快意的塵土

七月
馬奶酒的熱情
滑動想要放聲高歌的聲帶
初犢的一雙羊兒
寫上草原童詩的清純
家的溫馨
不再需要多餘的裝飾

七月
終於我是
一片清澈蔚藍的天空
俯瞰兀鷹群飛的羽翼
盤旋傲岸詭譎的岩地
以無限放任的心
審視
一波越過一波的山稜

寫於2009.7.28

收錄於台灣文學館出版《蒙古大草原》合集，頁28

稜線

美
美那自然的線條
貼住天際

錯落成
無限綿延的
藍與綠

之上的
雲

白
白
白白
浪
盪

寫於2005.7.22
刊於《笠》第249期，頁53
收錄於春暉出版社《蒙古大草原》合集，頁66

風神

我從不認真於祢的形象
在多風的海港
祢曾暴怒
劫走鄰居勇健的漁郎

我從不經意於那一面牆
卻望見祢彷若達摩
飄浪渡海
神情剛席捲過
一片無法估量的草原

我不清楚
星星　月亮　太陽
帶給祢何種神祕的意向
只看到祢轉身的寂寞
掀動雲的衣裳
揚起一位神祇的威嚴

如果我還保留
一丁點
超越凡塵的意念
必是因為與祢相遇
在草原
所以熱切追隨祢
隨意揮灑詩的語言

寫於2009.7.30

收錄於台灣文學館《蒙古大草原》合集，頁29

沙漠中的空瓶

空
空
空
你醉臥
我橫躺
空
空
空
我以生命的汁液
滑落
你馳騁的豪氣與孤寂
你因此明白
海市蜃樓
以及
我被棄置的
空軀
在這廣袤乾旱的漠地
臨界著天與地

忍受
黑夜與白晝
巨大且無情的煎熬
啊！
空
不空
不空也
空

寫於2005.7.2
刊於《笠》第249期，52-53
收錄於春暉出版社《蒙古大草原》合集，頁64

洞窟

戈壁蒸騰溫度
存有的空性
望向洞窟
小小的缺口

等待
逐一拆卸
語言與文字的障礙
起步離開
哈木林寺的經讚

日日
日落之前
僅供一碗水的清涼
敬留三分
供養法界十方后土
面向
血河空痕的蓮花

石桌推磨木碗
消蝕於無眼界亦無色界
枵腹

星月
無關
塑自己為
一尊清澈透亮的冰雕
澄明在掉落的心湖
迴盪
波紋
或許冰雪成鏡
或許執意念的最終殘境
垮洞身殉
繼續蒸騰戈壁

刊於《笠》第255期，頁8-9
收錄於春暉出版社《蒙古大草原》合集，頁69

敖包

來
來
來
來到山之巔
擎著蒼天的羅盤
收納日月與星辰的磁力
來
來
來
來到山之頂
導引我的敬畏與謙卑
收攝大地與生靈的感應
安頓我
放牧的心

擲石三顆
許願三匝

讓那風中飛揚的幡
指引我
跨越人間的路障
回歸原鄉

寫於2005.7.22
刊於《笠》第249期，頁53-54
收錄於春暉出版社《蒙古大草原》合集，頁67

戈壁的眼淚

賽音山達
你可是火車抵達的終站
我情願把想念
換成一節一節的車廂
掛上烏蘭巴托無情的繁華
越過羊腸迴繞的草原
尋覓紅色戈壁
移動的夕陽

可憐我的眼睛
渴望細數母親的皺紋
如何編織她思念的里程
可嘆我的耳朵
想要聽聞姐妹們的歌聲
是否一如往昔
無礙地越過嘹亮的崗頂

妳的臉哪！
請借給我貼近
母親那溫馨疼惜的臉龐
妳的頰呀！
請讓我溫習一下
姊妹歡喜問安的雙頰

我斷落的男兒淚
在你眼前
好似失去方位的家園
滴滴清亮
映照親情的乾旱
連那最頂級的珍珠
啊！
也失去可嘆的光澤

寫於2009.8.3

收錄於台灣文學館《蒙古大草原》合集，頁32

成吉思汗的啟示

誰說只有草原才配得上你的戰馬
有人硬是把被屈服的恥辱
修改成一則光環連續的歷史

你的劍把透著鷹隼銳利的冷光
嚴肅凝視漂泊不盡的遠方
你的意志威武地跨上馬鞍
告別天上悠閒的雲朵
囑咐別忘了在天晴的時候
把草原的溫柔送到你的氈房門口

你帶著鶴唳的風聲
四處尋找團結族人的理由
你的勝利
志在懲罰傲慢的無禮與不義
融合才是你征服的義理

Baartar　Baartar
岩石上已經鏤刻下你不朽的功名
盔甲也為子孫留下恆久的自尊
他們流著你那無畏的鮮血
果敢自信栽出獨立盛開的花朵

有人想配上你的戰馬
如你穿上永遠不死的戰袍
從來也不肯從灰燼中醒過來
有的子民直到如今還跟著不清醒

寫於2009.8.7
收錄於台灣文學館《蒙古大草原》合集，頁36

附註：Baartar意即英雄

駿馬圖

清曉
登上西邊的峰頂
等待日出草原的風情
順便問候對面那條
曾經照會
切割風向的稜線

踩著草原背風的胸膛
野花開心的姿顏
競相戮力綻放
只是
草地上留下
被露水浸濕的馬鞍

驀然想起
昨日清朗的黃昏
長形的窗框
曾在我的心底

懸掛一幅
雙駒咀嚼悠閒的
畫窗

寫於2009.8.2
收錄於台灣文學館《蒙古大草原》合集，頁31

夜的聲納

我的孩子
終於
你重返奧祕的母地
驚喜如我
以母親的胸懷
聆聽你
曾隱藏於
我腹內的胎息

你說你的耳葉
居然
像雷達一般
自然張起
以心音牽引的聲納
搜尋草原
子夜歡樂的航向

我的孩子
我們一起感受
無邊黑暗的存在
果真
從遠方噗動的微光
滲出清泉一般
流洩不歇的
牧歌歡唱

寫於2009.7.30
收錄於台灣文學館《蒙古大草原》合集，頁30

鐵木的妻

我從郎世寧的
河邊駿馬圖
走向青年鐵木的家

剛從數位相機裡
認識
他聰慧美麗的
妻

她
在蒙古包外的斜坡地
只留一雙
褐色的木紋高腳木屐
調皮介紹自己

也屬於
鐵木新封的屬地

刊於《笠》第255期，頁10
收錄於春暉出版社《蒙古大草原》合集，頁71

附註：主修中文的導遊鐵木帶大家去他新婚的家。他說在蒙古結婚的新人可以依法向政府申請一定地點與範圍的土地作為家園。

卿卿　我的愛
——謹以此詩獻給美麗賢淑的哈達夫人

她是河流也是谷地
盛著微笑的水漾眼眸
投射夜幕中耀眼的星辰
她是春神也是女兒
有著濕潤而燃燒的嘴唇

我以女人原生的母性
滿心歡喜看待她
如看待一朵清晨的嬌嫩
盛開露沾清風的明麗

她是現實也是夢境
你何妨去問一問
博學親切的哈達博士
歲月回春的驚奇

「卿卿　我的愛，
神祕的愛情發生了！」

性情的草原啊！

向來是男人無情的戰場

也是牽掛溫柔的天堂

寫於2009.8.5

收錄於台灣文學館《蒙古大草原》合集，頁35

附註：蒙古大學的哈達教授說，在蒙古，通常稱呼另一半為：「我的愛」。動態式的「台蒙詩歌節」一路上多虧哈達夫人細心的打點與照料。

把星星找回來

昨夜
冷風在燦爛的星空下
嘆息

詩的奇遇
擁抱毋需言語的相惜
伏特加一杯杯
似柴火
添加友情的熱力

我為你們訴說
藍色海洋遙遠的故事
傾訴生命深處
還隱藏一片
綠色交疊的洋溢海波

我愛的兄弟姊妹

聽說就在今夜
天上將有一顆星星
因著我們的離別
而　熄滅

乾杯吧！
趁著天還未亮
讓我們一起把那顆
即將隕落的星星
用祝福的酒杯
找回

寫於2009.7.30
收錄於台灣文學館《蒙古大草原》合集，頁31

附錄：2009年與兒在蒙古國夜晚的草原上和當地的詩人們聊天、看星星、喝伏特加酒禦寒，互相交換草原與海洋的生活經驗，友誼的升溫讓大家開懷引吭高歌，弄丟的婚戒，竟神奇地找回。

你的歌聲

你的歌聲
呼喊我心中的草原
我心中的草原
在喀喀的馬蹄聲中
頂著藍天白雲
遼闊到無止境的天邊

你的歌聲
呼喊我心中的海洋
我心中的海洋
捲起壯闊的波濤
在我滿溢醇酒的杯中
起伏蕩漾

啊！被海洋激盪拍擊的草原
響起雄壯奔騰的節奏
那是你的歌聲

跳動詩的心臟
流動天籟的音符
化作夜幕中的
點點星光

啊！你的歌聲
顫動馬頭琴美麗的傳說
嘹亮牧民豪邁的
天地蒼涼

寫於2005.7.22
刊於《笠》第249期，頁51-52
收錄於春暉出版社《蒙古大草原》合集，頁62

北海詩情

黃昏海岸

我們等到了黃昏
還是黃昏終於等到了我們
我們總也旅行到
這段綿延著過去的海岸

風雨過後
漂流木的辛酸
上了岸
細說一段又一段
相似卻並不一樣的故事

我們手中咖啡的香醇
從時間的指縫
散溢出
點點浮動的漁船
正從遠方一一點燈歸航

沉默的龜山島
漸漸模糊的地平線
我們終於
沐浴在這片
即將隱沒的黃昏海岸

啊！我們內在的海景
也以無比平靜
去呼應那
起伏青春與愛情的波浪

寫於2010.7.29
刊於《笠》281期，頁22-23

海之約

被雨滴敲響的日子
我們相約一起去看海
海的蔚藍拒絕造訪
灑上濛濛的灰
提鮮崖坡上
咖啡小屋的藍白色調
我們的笑聲
被那海天象連的
圓弧形地平線擁抱
放牧眼波
漁船在長窗上寫生
飄蕩海的風情
咖啡的香氣移位場景
北海岸的希臘氣息
讓休眠的愛情
呼應起詩的叫喚
不知不覺
從死灰當中甦醒

我們相約一起去看海
在那個
被雨滴敲響的日子裡

刊於《笠》287期．頁13

附註：2011年10月應詩人楊風邀約，與黃騰輝夫婦雨中
同遊北海岸。

詩的腳印

錯過青春年少的腳印
五堵　七堵也堵不住的晨曦
陪我趕赴一場豐澤的早宴
那則放在心中
偶然觸動的海事傳奇
竟以橫長明亮的落地窗
寫成一幅活動的海港風情畫
勾勒著虛實相映的鏡象
一再挑動詩的韻腳

海神所在的角落
神色或許流露幾許滄桑
卻無礙硬骨子的英氣
何況還有一個女神
在共存的空間純潔的思想
而門的簡約
開放了完整卻安全的視線

讓海的動向
一再挑撥詩的騷動

詩人擇居的港域
侵略不成客死異鄉的法軍
墓園裡被青苔寄生的十字架
應該已經習慣
道士安魂的召喚與手搖的鈴聲
每年供桌上貼心的法國麵包
想必也已抿去歷史的恩仇
只要是海
怎能不留下輝煌的戰史

詩的聚會
從基隆移師頭城沙灘
一路堅持
四十多年的歲月詩心沒死
詩的火種還在

根本沒有復活的問題
那些被人吟唱的詩句
果真以眾多赤裸的腳印赫然呈現
在我們所愛的黃昏海岸沙地

寫於2015.5.28
刊於《笠》第308期，頁73-74

附記：2015年5月中旬，前〈腳印詩社〉同仁畢修、楊莊、默笛三對夫婦，相偕從南部北上，前往基隆豐澤社區的詩人李彥寓所聚會。先前因畢修的介紹，我與李彥、楊莊略有詩友之緣，乃不拂誠意，欣然赴約。詩人們雖然個個已是花甲之年，詩心卻是絲毫不減。目前從商的詩人李彥對基隆居住地的文史相當投入，談起〈腳印詩社〉的存在與否，依然浪漫而有所堅持。

淡水情聲

詩的聲音

詩有多少聲音
在山上
在沙灘
在樹下
在船上
在馬路邊
我們自然又熱情的擁抱
詩從溫暖的肺腑發出聲音
靦腆的東方詩人
變成一塊塊平底鍋裡的奶油
被融化的香醇
讓詩的聲音滋滋作響

詩有多少聲音
台語
華語
日語
英語

西班牙語
孟加拉語……
我們盡情地發出詩的聲音
歌頌　讚嘆　批判　怒吼
原來詩只有一種聲音
一種從親愛　和平　正義的心中
發出來的聲音

寫於2016.9.18

紅樓夕日

看過殖民者插過的旗幟
淡水的雨早已停了
詩人的笑聲越過語言的藩籬
走向斜坡下的海岸
停泊的漁舟繫起纜繩
不知道它們想要點綴夕陽
還是夕陽正等著點綴它們
九月的風依然燥熱
濕透的衣衫還很興奮
詩人越過馬路
循著蜿蜒的木梯步上紅樓高處
搶著夕陽的詩情詩意
搭配回憶最美的輪廓
我問生命
是否也會走向絕美的頂點
宛如紅樓夕日
從孤獨中完美墜落

寫於2016.9.21

觀音山

躺成一個溫柔母性的軀體
讓無拘無束的海
可以撒野
可以倚賴
可以在悲傷的時候在妳的懷裡
盡情哭泣
習慣性的忽視妳的存在
以為妳永遠不會老去

第一次如此專注的看著妳
想像妳用什麼樣的體溫懷抱這裡
外族入侵的時候
妳只是靜靜聽著隆隆呼嘯的砲聲
還是把悲憫的淚水流向海裡
聽潮的妳
已成一個見證歷史波瀾起伏的觀音
我卻還在生滅中愛這個島嶼

寫於2016.9.18

一萬多個夕日

有人問過你嗎
問過你這一生最愛的是什麼
這是個濕氣很重的小鎮
你的關節
想必也已經到了
偶而會被卡住的時候
來來往往的人潮
好比日日夜夜
一波波衝擊堤岸的海潮
意氣風發的你
跑上又跑下
你那個歌聲優美的兒子
擁著他美麗的女人
說你擁有一萬多個夕日
詩人在這金色的海域讀詩
舒暢的海風吹襲起
燈眼的閃閃爍爍
或許不再有人追問

你的一生
除了一個一起逐美的兒子
最愛的
究竟會是什麼

寫於2016.9.18

蘭陽詩情

四月・蘭陽
——向大地的主人致敬

四月
麗織柔細的雨網
擄獲島國東北的蘭陽平原
一張張芽綠的毯子
向著我
鋪陳迎迓的欣顏

四月
走進蘭陽
聆聽大地的母親溫馨地召喚
我以初生嬰孩的心跳
貼近她溫熱飽滿的乳房
環繞她的懷抱

四月
我看到
他臉上經年結晶的風霜
開出朵朵的不可思議

那馥麗的繁花
瓣瓣沾染著
我眼眶裡
流轉顫動的清露

四月
在蘭陽
我閉上眼睛
把無限地虔誠與祝福
深深地
種進這片可敬的土地

寫於2008.4
收錄於宜蘭縣政府
《詩與休閒農業的對話　在蘭陽》合集

復育

有一種聲音
你不曾打開心靈仔細地傾聽
有一種燦爛
它不是節慶夜空短暫的煙絮
有一種味道
它來自相互誠心與狂喜地擁抱
這是被神眷顧的
如水一般清涼而喜悅的夜晚
久被封閉的耳葉
聽到蛙鼓與蟲鳴的音樂
失卻視覺敏感的眼窗
映出蜘蛛與樹蝸
還被閃爍飛舞的小精靈圍繞
連那陌生的枯樹螢光棒
也因著夜的豐盈而默默發光

寫於2008.5

刊於《笠》第268期，頁32

附註：宜蘭三富農場漫長卻十分成功的生態復育計畫，
　　　使得各種生物又回復動人的生機。

愛園
——獻給三富農場的好子弟

有一首詩
從夜色中走入愛的園地
我細嘗
紫雲咖啡的浪漫與濃郁
我輕啜
金桔柚子花茶琥珀色的甜蜜
我傾聽
一對令人尊敬的兄弟
如何在自己的土地
用時間與生命創造奇蹟
從大大的玻璃窗望去
我看到
一隻白色的鴨子
搖著肥肥胖胖的屁股
視若無睹地
從池塘邊走了過去
一隻黑天鵝上了岸
正在與小朋友歡喜嬉戲

一隻黑色的狗
沒了一絲同類的習氣
牠端坐下來
好和小朋友友愛地
站在一起
有一首詩從我的心裡出走
原來它在園子裡遊戲

寫於2008.5
刊於2008.12.25《台灣現代詩》第16期，頁10

紫雲咖啡

戴上翠玉薄荷的髮簪
以一朵雲的飄逸
向我散溢濃濃的香氣
我的浪漫
因此
沾滿紫色的柔意

聽說妳的獨特
超越薰衣草的傳奇
和出不著兩邊的深趣
芋頭的清香
蕃薯的甜氣
正好吻合
一杯
紫雲咖啡的愛憶

寫於2008.4
收錄於宜蘭縣政府
《詩與休閒農業的對話　在蘭陽》合集

附註：以紫色為基調的三富休閒農場，研發紫色奶油花上插一片薄荷葉的專利咖啡，材料與口味有主人期盼的族群融合隱喻，原名紫屋咖啡，我獨稱之為紫雲咖啡。

風的容顏
——風箏達人的愛戀

捉摸不到的
風的容顏
我該如何向她表白
表白
此生此世的愛戀

啊！風呀風
我愛你
愛你知道天空的寂寞
更愛你
愛你了知消遙的自在

啊！風呀風
我已然耗盡一生
甘心為你
彩繪多彩多姿的容顏

啊！風呀風
我以一根白髮的寬度
伸向天空的遼闊
感知妳的存在
傾訴對你恆長的愛戀

寫於2008.5
收錄於宜蘭縣政府
《詩與休閒農業的對話　在蘭陽》合集

愛的奇蹟

有一種頑強種植在惡地之上
它的根必須向神經的傳導一般
叫醒沉睡的血肉裡的軀體
讓愛從沉默的絕望當中復活

有一種火焰點燃在綠色的城郭
它的光與熱永不息滅
如豐收的柑橘之果
細說戰勝的話語

有一種情愛是懸吊的捕蟲器
它用費洛蒙散發的吸引力
讓一對年輕的愛侶沉溺
年年在豐收或風收地拔河當中
開闢羅東溪畔的神奇

寫於2008.5
收錄於宜蘭縣政府
《詩與休閒農業的對話　在蘭陽》合集

附註：宜蘭東山鄉大進村的松茂果園位於布滿頁岩土質的羅東溪畔，年輕夫妻傳承向天與地挑戰的父業，種植高價值柑橘等果樹。

芯園

大地是一塊無私的畫布
在這裡撒下花的種子
春天便在這裡進駐
主人知道他手掌上的
一棵樹
一盆草
該站在哪個位置
藤蔓要如何攀爬
才能襯托
房屋的肌膚
當微風來訪的時候
更不曾忘記
有個默默的角落
可以讓你
輕輕地撫慰自己

寫於2008.5

刊於《笠》詩刊268期，頁32-33

黃金蛹

汲毒的迷蝶
隱藏爬森藤的祕密
奇特的密碼被悄悄鎖進
懸掛藤架的黑斑金蛹
靜候破蛹的傳奇
獨以輕慢的笨蝶舞步
傲視彩麗蝶群的天敵
迷糊黑白樸素的
優雅與親切

寫於2008.6.17

刊於《笠》詩刊268期，頁35

附註：頭城農場成功復育以含有毒性的爬森藤為食的慢飛大白斑蝶。

稻草的祕密

你曾是風中綠色的波濤
也是我眼裡最友愛的色彩
當秋天向你擁抱
你便複製陽光的膚色
你曾經為大地結滿尊貴的珠粒
帶給風鼓滿意的笑靨
如今我看見你無悔的犧牲
竟然還隱藏著
無數美麗動人的祕密

寫於2008.5
刊於《台灣現代詩》16期，頁11

附註：宜蘭的珍珠社區和稻草工藝館推動以稻草創意新的藝術價值。

枯木生姿

超越的意念
征服浮沉於風雨波濤的滄桑
釋放的豪情
形塑各種自然生靈的風情
復活的枯木
以人間的生姿
步出陰翳的溪谷
啊！請給我一朵禪花
慶祝這
枯木逢春的季節

寫於2008.7.10
刊於《笠》詩刊268期，頁34

附註：頭城農場在廣闊的土地上以山林的漂流木或枯樹枝幹創作各種風情迥異的作品。

蠶綿

神以一個dot（・）的喜悅
開啟我的世界
桑樹媽媽用她的髮葉
滋養我
成一列銀白的小火車

我用複眼的窗
望向另一個世界
我以堅韌的彈性
放大微渺的自己

我用短暫的一生
濃縮20克桑液的精華
拋以這個世界1500公尺
冬暖夏涼
綺麗又舒適的
纏綿

寫於2008.5

刊於《笠》詩刊268期，頁33-34

附註：謹以此詩獻給宜蘭童話村農場的主人

噶瑪蘭的原鄉

馬偕醫生手植的大葉山欖樹
你們當作一起回歸鄉愁的標誌
林、李、潘、偕　四姓氏
也思返原鄉之路
大聲呼喊自己和祖先的名氏吧
三戶九人的流流社
傳襲著不想被澈底同化的固執
魔法阿嬤親切燦爛的笑容
教化著歌聲和舞步
樹屋的浪漫遙望源遠流長的冬山河
呵！噶瑪蘭的原鄉
彩霞般的熱情
惜別在揮動不捨的黃昏部落裡

寫於2008.5

刊於《台灣現代詩》15期，頁6

留給東風的話
——獻給東風休閒農場的主人

溯源的呼喚
在陳釀的酒甕裡發酵
不同的聲浪
錯落林間的啁啾與鳴跳
這片土地
吸納著漫長的歲月
浸漬著世代的汗水與眼淚
你用睿智與勇氣
把它歸還給自然的母親
恁她調配耐人尋味的體味
連那腐蝕堆積的落葉
也可以現出獨角仙的影跡

我在微雨的深夜
偶然認識
你家那些邪善的鄰居
我在晨曦初醒的漫步裡
真心觸及

你對人性貪婪的憂慮
然而　當我離去
最想告訴你
有一顆希望的種子
從你的愛與謙卑裡發芽
早已萌生無限的詩意

寫於2008.5
收錄於宜蘭縣政府
《詩與休閒農業的對話　在蘭陽》合集

楠溪詩抄

走入密林

文明的黑暗
習慣薰染
天光的優雅與沉寂
走入密林
面對真實的世界
終於披露
塵光聲色的邪惡
無數的墜落
輕輕地
輕輕地
有了自己的聲音
無數的爬升
奮力地
奮力地
沐浴茁壯的光明
還有一種愛憐的傷痕
摩挲出頭角的長成
隱藏眼淚的祝福

啊！走入密林
走進神的國境
仔細傾聽
生與死對談的話語

寫於2009.3.2
刊於《笠》271期，頁236

台灣蘋果樹

神祕遠離一切樹種的場域
原生的果酸有了被偽裝的藉口
傳說那是一種無名的滄桑
牢牢地根植在自己的土地

蒼老與壯碩的挺拔身影
從遙遠溪谷的石地
傳遞驚鴻一瞥的絕美與戀麗
連結了我的感傷與憂慮

蘋果樹呀！蘋果樹！
台灣的蘋果樹！
你那迷濛著白雪風霜的髮裡
究竟隱藏了多少辛酸與愁恨

寫於2009.3.2
刊於《台灣現代詩》18期，頁68

野紫蘇的春天

一身辛香
拒絕口腹的祭禮
逃離草食性動物的野宴
妳的身影
憔悴在冬季
妳的頑強
一如濃烈的體味
始終伴隨
寒暑更迭的山居歲月
妳用死亡孕育的種籽
一過融雪的季節
紛紛悄悄落地
強韌的嫩綠
開始複製妳的四季

寫於2009.3.2
刊於《台灣現代詩》18期，頁68

台灣大鐵杉

擁抱
鷹眼的視野
以巨人的英姿
伸展
千手親切的溫柔

我的注目
越過碧洗的藍天
自然湧現
崇高與敬意

那風
那雨
那雲漾的飛翔與憩息
也在天神的笑意裡
無限流逸

寫於2009.3.2

台灣紅榨楓

北國的想像
爬升至自己的土地
嫣紅的浪漫
捲起多少情愛的回憶
一路風霜的洗禮
滋養了島嶼的貧瘠
妳臨風的舞姿
優雅於螺旋的飄墜
讓生滅法的闃寂
也染上晚霞的詩意

寫於2009.3.4

消失的林地

哭泣的巨人
丟出粗壯的臂力
激怒與嚎囂的怨氣
充塞了山川谷地
土石的逃逸
慌亂了一切生趣

無知的
貪婪的
悔恨的
從相互逼視的岸地
一吋吋擴大
無法溝通的距離

那些無言的聳立
終於
也錯亂在
軟弱的無所依據

寫於2009.3.6

山桐的呼喚

藍天業已經過洗滌
雲的飄浪
也承諾給綿白的真理
忙碌的極樂
等待成熟的複麗
五色鳥呀
黃腹琉璃
赤腹鶇呀
青背山雀
數不盡的串串累累
從去冬的歲末
到年初的春新
我已為你們高高掛起
那來自海底
深紅的珊瑚珠粒
好讓風的舞步
也來搖曳
風鈴的朱色琉璃

寫於2009.3.6
刊於《笠》271期，頁237

笑靨花

神似
琵琶湖畔
雪柳的恣意
探春的妳
充滿花童的稚趣
俏皮地說
酷冷的寒冬已過
聖山的婚禮
邀妳蒐集
雪花的潔麗

寫於2009.3.6

刊於《台灣現代詩》18期，頁68

冷杉的警戒

登高必自卑，行遠必自邇

哭過了嗎
不要忘記你是一條河
看過了嗎
不要忘記拜訪
那個雲端的故鄉

寬闊的熱情
厚實一生一死的戒律
圓融的混合
才夠造就伸展的的氣息
爬升的慾望
也懂自我限縮的道理

頑強的復生
星火的燎原
林地的終結

垂直是生命的哲學
朝聖吧！
越過冷杉的警戒
所有的生命
都得甘心裸露
在無限希望的謙卑裡

寫於2009.3.7
發表於《台灣現代詩》18期，頁69

人與地詩誌

詩的天窗

有一種天窗
只為
虛無的浪漫開啟
星月說
真的很寂寞

有一種天窗
為了度過漫漫長夜
不得不
從心靈的深處開啟
星月說
流淚了
孤寂

望向愛河對岸的詩句：
「痛苦會過去
美麗會留下來」

你為我
開啟一扇
驚喜
我們共同閱讀
詩的天窗
星月說
享受美麗

刊於《笠》257期，頁48-49

附記：2006.4.24寫於高雄愛河邊，記首度與外子一起參加詩合評會，共賞龔顯榮詩作〈天窗〉。

邀詩的女郎

穿戴一襲山夜留下的衣衫
木屐赤裸的足踝
想起山澗嘩啦啦的清涼
她的笑靨
在覆蓋百香果棚架的
小橋盡頭
綻放出
盈溢熱情的紫牡丹花叢

饗客的野宴
擺設山腰的樹屋與涼亭
咖啡搭配綠色的清香
面壁山路過去的高高青山
髮絲也正漂染起
五月的髮霜

拂面而來的山風啊
提醒曾經隱藏的季節情殤

邀詩的女郎

以月以琴

寧願用深鎖的山居歲月

細數詩情詩意的收藏

寫於2008.5.17

刊於《笠》第267期，頁28

附記：2008年春末詩人楊風邀我與他一起去深坑山上的友人家拜訪。主人是位喜歡讀詩，也喜歡招待詩人的女士，婚姻受挫的她，回到原生家庭，過著簡樸而詩意的生活。有幸接受她的招待，甚為難忘。

大弓

不經意的午後
不經意的念頭
大弓的弦
拉出小雨滴的音符
仙醉的旋律
見證
雕塑與油畫
合鳴
超凡的幸福美學

牆上主人的畫像
一起與主人
陪我輕鬆對坐
有一種生命的律動
散發無聲的溫柔
有一種默契的神采
來自他被妻

嫻熟精準的線條
勾勒的氣韻

暖暖的陽光
越過翠毯般的草地
穿透明亮的長窗
地板上
高高低低的
裸女塑像
身上圓熟豐潤的線條
也自然流露
妻被愛撫過的深情

這樣的午冬
這樣的交會
在不知名的山區
我以一個不速之客
品嚐了特調的

友誼
還有悠揚的琴聲
隨意送客

寫於2010.12.11
刊於《笠》281期，頁24-25

附註：11月中旬我獨自開車在苗栗山間旅行，隨意造訪雕塑家邱建清、畫家許菊夫婦的宅第——「工匠的家」。承蒙他們熱情招待，並欣賞其公子邱大弓超凡的二胡琴藝。「小雨滴」是他們一家共有的藝術空間。

旅程

路沒有盡頭？
不，就像所有的生命
只是
向來不知
何時來到盡頭

隔著白千層的樹籬
有詩停泊暖冬
在繽紛的花田小徑
當我一個人旅行
忙碌的蝶舞
吱喳的鳥鳴
也是一片
悠閒安靜的風景

抬頭
望向駕駛座前的
後視鏡

猛然發現
長期被忽視的髮際
冒出絲絲
白毫烏龍般的鏡影

刊於《笠》詩刊第281期，頁23-24

滿天紅

等待攜回島嶼南方的故事
小村莊的安靜原是詩的故鄉
意境隱匿花蕊最奧祕的深處
遲到的春天何必在乎
飽滿的愛情
已在歲月的甕中自然熟成
看不到貼著「愛」自的春聯
何妨讓「春」字歡喜顛倒
我也滿懷春喜
呈上一瓶時間精心釀造過的
黃金醇酒
當插花教授和她的夫婿
為我特地留下去冬僅存的春紅
北方略感空虛的窗檯
正迫不及待
等著迎接越過高屏溪
熱情滿滿又滿滿的滿天紅

寫於2012.2.22

刊於《笠》288期，頁50

附註：連續兩年趁著南下高雄之便，我去了詩人利玉芳位在屏東內埔的本家，其妹玉敏是高段的插花教授，與夫婿在內埔養殖外銷蘭花。我為他倆恩愛滿溢的夫妻情愫，與熱情溫馨的友善，覺得深刻而感動。

滿天紅是蘭花的品種之一。

詩味小鎮

岩燒的門牌偷偷透露
小市鎮裡埋伏著寂寞的詩句

麻糬的軟Q
原來
也必須具備太極拳的功力
今夜
雨選擇下在草鞋墩
當詩人的火鍋熱滾滾的時候

不在北歐
不在南美
路邊咖啡
偏偏散溢化不開的濃郁
說著現在
也說過去

黑髮如瀑傾瀉
小鎮的畫家
彩繪浪漫的桃紅女人花
她是詩人的女兒
雙眸明靈閃熠
成熟生姿的一朵洞房花

詩人們離開以後
小鎮存留一瓶未開封的醇酒

寫於2013.7.22
刊於《笠》第296期，頁35

附註：小鎮畫家是詩人岩上的愛女嚴文爍小姐，她大氣浪漫的畫作〈洞房花〉系列，讓人印象十分深刻。

慢活

撒一把茶香的豪邁
工藝師複製巧手
讓默默發酵的普洱茶葉
躺在掌形的茶盅
溫潤
三十年沉潛的功力
還原
粗飽幹活的稻草味

聞一聞香氣
年少匆忙
用生命換金錢
啜一口回甘
中老慢活
用安適換生命

別急
別急

換一個杯子
換一種心情

再灑一把稻香茶味
詩人與工藝美學相遇
土親人親自慢活

刊於《笠》詩刊第296期，頁34

附註：記2013年3月初岩上帶利玉芳、謝碧修、李昌憲與我接受工藝師黃安福招待，見識另一種豪邁的品茗藝術，清談他的慢活美學。

櫻花坡道

那一年
上石流還沒滅村的冬日
獨自行走在來吉村的
櫻花坡道
讚嘆
神的眷顧安詳而美麗

暖陽下
小小的十字架
投射出一間小教堂的
神聖與莊嚴
儘管被隔絕在
午憩的淡藍柵門外

小徑旁的木屋
吊掛幸福滿滿的
盆盆彩麗繁花
窗檯上取暖的雪色貓咪

瞇著雙眼
說什麼也不想搭理

走向櫻花坡道
走進粉紅色的搖曳
那一年
還不知心的陣痛
只是偶然成為
來吉無聲息的過客

寫於2014.1.15
刊於《台灣現代詩》40期，頁75

蓮華螢曲

螢之語

之一

我們是逃家的星子
不想永遠停留在天際
當黑夜寂寞的眼睛

之二

我們喜歡浪漫的青春期
盡情享受甜蜜交歡的醉意
更愛在夜裡開Party

之三

我們是生態的信使
也是天神和Gaea的愛子
用生命測量環境的生機

發表於《林業研究專訊》95期，頁84

附註：Gaea是希臘神話裡的大地之神。

螢之思

之一

仰望童年的星空
夏夜銀和曾經留下幻夢
童伴嬉戲田埂稻埕
爭撲流螢
天地也交相輝映

之二

我們終究遺忘了星空
星空也逐漸淡忘
曾經給予點點螢光記憶

之三

星星王子的預言
網路星座的點閱率

命運的星空
儲存生命的12種密碼
以及等待解讀的
諸多凡間疑慮

寫於2010.4

刊於《林業研究專訊》95期。頁84

螢河之旅

生命是一條鑲著驚喜的河流
在黑曜石般的蓮華池夜裡
嘓嘓　嘓嘓　嘓嘓
閃爍　閃爍　閃爍
天幕啊～～谷地啊～～
點點　點點　點點
熠熠　熠熠　熠熠
有聲的
無聲的
在被微弱天光輪廓的這裡
生命是一曲求愛的森林小夜曲
忙碌的光點是天地神交的密語

寫於2010.5.1

刊於《林業研究專訊》95期。頁85

蓮華池螢曲

一

曾經
來了又走　走了又來
只為了
窺視
天使從天上散落下來的眼淚
是否
依然留得住
青春的
悸動

二

輕盈
輕螢

點點冷光
嘓嘓蛙鳴
暗暗傳香
這是一片隱密的世界

忙碌的
休憩的
雜亂的
這是一片放任的世界

我們闖入
為了補償小時候
摘不到星星的慾望

三

四月
望水的季節

上帝卻流不下悲憫的眼淚
人間濕地
只好提早過更年期

咦？
今年好像少了不少賓客
在熱情求偶的Party

刊於《笠》307期，頁110

餘波詩語

爸爸帶妳去旅行

「拿著妳的相機
　我帶著妳一起去旅行
　這是我現在愛妳
　惟一的方法」

Sherrie，妳的爸爸在古巴
想念妳
我是妳不熟悉的阿姨
難道妳捨不得爸爸愛妳的
呼喚
我的新筆竟然斷了水
寫不出
一個爸爸想念孩子的淚水

寫於2014.4.30

刊於《笠》詩刊第302期，頁37-38

附註：見哈瓦那花園餐廳的世界詩歌節開幕會上，詩友蔡榮勇想念因病去世的女兒，眼眶泛紅含淚，有感而寫。

危忘

脫卸繁複的角色
走入亞馬遜雨林
你只是自然界單一的物種

背影依舊

名字
單純的符號
危險的密碼

背包應該用記憶上鎖
一切的不相干

只能平視
不能俯瞰
這是獨木橋的危忘

在亞馬遜河
你以自由落體的速度
墜落

而我
用預感呼喊你
奮力地游回人間

刊於《台灣現代詩》第5期，頁14

附註：外子在巴拿馬工作時，曾應厄瓜多友人的邀請，去亞馬遜河的雨林區探遊，過獨木越河時，沒有遵循導遊只能專心往前看，不能俯視的囑咐，掉落3層樓高的河中，他思及家有妻小，於是奮力游回岸上，驚險保住一條命。

問候

他帶來你的問候
在好幾個雨季之後
送你的斗笠
是否依舊

農場的遼闊
是否依然
種植無法收成的寂寞

火之焰
也會燃燒
乾季回程廣闊的山頭

那匹瘦馬
是否依然無法負載
你的鄉愁

寫於《台灣現代詩》第7期，頁15

附註：火之焰是熱帶樹花的一種名稱。從巴拿馬回國，經常想起曾經為他寫過幾首詩，在當地經營農場，孤家寡人的台僑友人。

遺失Maria

尋找Maria
在一場突然的火災之後

豪邁Maria
撩抒胡琴
拉鋸幽怨長調

無法分析Maria
流動華人成分的血液
究竟偏離多少
巴拿馬傳統的喧鬧樂調

懷念Maria
渾厚母性的胸腔
曾經伴我
共鳴一種神迷心顫的感傷

寫於2007.3.25《台灣現代詩》第9期，頁14。

附註：Maria是巴拿馬具華裔血統的歌手，聲音豪邁又淒迷，火災後因整修房子，原本深怕弄丟她的CD，怎奈整修完成後偏偏怎麼找也找不到。2014年4月底至5月上旬，去古巴過境巴拿馬，來回找遍巴拿馬機場的CD店，徒勞無功，只能悵然在腦海回味她的歌聲。

唱出母音

思念是清純震顫的流音
巍峨雪的故鄉
夢土的一隅
兀鷹悠閒張揚的翅膀
也沾染了藍大無語的感傷
雪山的子民啊
別羞澀獨特的聲嗓
縱情尊貴高亢的母音吧
深情正像經筒一般
永不止息地動轉
震徹異域深邃的谷壑
撫摸額頭皺紋斑斑
讓離鄉的滄桑
化成日夜思念的千山
不被屈服的熱血啊
唯有跟隨不朽的母音
才能走出時間的柵欄
流淌意志永不失滅的河

寫於《笠》第293期，頁44

附註：走過印度北部好幾處的藏族社區，難以忘懷他們流亡的辛苦，每每靜聽藏族歌手嘹亮的歌聲，就被牽動出很多的感慨。

聽樂

神祕的笛音已經吹起
一輪夕日也慢慢往西沉淪
我的思緒
浸淫在廣袤千里的餘暉
那趟旅程的
驚與喜
憂與懼
如今都已釀成甘醇的酒味

眼看他的琴弦
流暢地來回拉鋸
喚起曾經淋濕我們的霪雨
你是唯一
也是我們最後的伴旅
難忘你的家鄉
因為有你

當阿姆利澤的烈日隱蔽
突然刮起撲天蓋地的風沙
當冬季的寒冷
竟日探索你成熟的動力
請千萬不要忘記
那也會是
我們最想念你的季節

寫於2013.4.10

刊於《笠》詩刊第295期，頁40-41

附註：欣賞Yanni Concert對於印度深入的詮釋，讓我不禁懷想起北印的奇幻之旅，以及一段難忘的情誼。

在或不在

Oh, my dear son
消失了的臉書
因為你不在
或者
其實你一直還在
還在鬱悶的黃昏裡
因為是一個丈夫的緣故
不得不陷入
風沙經常來襲的困頓

活在Amritsar
通往住家巷道的出口
小販們是否依舊
依舊忙著製作各式甜點
好讓生活苦澀的人們
摻入一絲絲
可以暫時忘卻的安慰
而這個世界

在臉書
可以在
也可以不在

寫於2012.2.23

刊於《笠》詩刊第290期，頁54

附註：Amritsar位於印度北部旁遮普省，是錫克教的勝地，常有沙塵暴。我的印度兒子在我們聽聞一則印北暴雨引發喜馬拉雅山脈土石泥流的災情後，臉書停格，失聯至今。每每想起就心痛無比。

想起索南措

孤單的
隔絕於溫潤的肉體
之外的
妻
懷抱著發酵過的愛情
在蒼鷹的盤旋俯瞰之下
等待六月的允許
允許是否足夠等待
從希望中絕影而去的
離開

把意志
無所選擇地
埋藏在漫長冰封的冬雪裡
把腳印
踩在經讚顯隱的泥淖雨季
且讓思緒去錯綜那些
在天空中

高低相互串揚的
條條經幡

這世界
還有誰會偶然想起
想起
在一個遙遠的
迷濛的
山峰與谷地之間
正流亡著
肉體長久失溫的
一個
妻的孤單

寫於2012.3.1

刊於《笠》詩刊第290期，頁55

附註．偶然想起印北的藏族友人索南措，還在德蘭薩拉等待遠去英國築夢的丈夫。她說到2012年6月又得面對印度政府的居留權審核，才能和女兒再留住，繼續等待打黑工的丈夫蓄積足夠的能力，取得英國合法的居留身分，把她們母女帶去一家團圓。

為何旅行
——致達蘭薩拉的圖博朋友

啊！為何旅行
在這如此燥熱的季節
達蘭薩拉正下著雨
我們偶然相遇
我們溫馨擁抱
我們揪心道別離
我不禁懷疑
旅行是愉悅的嗎

你們的身影
你們的故事
你們怎麼跟著我一起回家
那隱身峻嶺背後
曾經被晨光突然照亮的
神祕雪山山頭
也不時來到我的夢裡
傲然顯影

你們的聲音
你們的眼神
你們那濡濕的異地鄉愁
不過是偶然的熟悉
為何仍不斷提醒
我有過一趟
無法言喻的旅行

旅行總是愉快的嗎
在感覺如此惶惑的時節
聽說達蘭薩拉仍然下著雨
啊！為何我去旅行

寫於2011.7.18
刊於《笠》詩刊第285期，頁19-20

後記

我生性感性好奇，喜歡追求生活的新鮮感。小時候生活在海邊，左鄰右舍每一家都生了好幾個孩子，食指浩繁使得各家生活拮据，父母們只管忙著張羅生計，只能放任孩子們去尋找生活中的樂趣。不會游泳的我「輸人不輸陣，愛哭愛跟路」，經常跟著調皮的哥哥和鄰居的孩子們，偷偷跑去退潮後的海坪上捉螃蟹、摸蛤蜊。

海的遼闊讓人感到無比舒暢。我們把很遠的一道海堤當成外海與內海的分野。堤防外的海水即便退潮了，還有浪潮；堤防內分布插著蚵枝的蚵田，討海的鄰居和親戚的蚵田就分布在這裡。趁著退潮時分，我們在蚵田裡抓螃蟹，蚵民們則忙著在這時候採蚵擔回家。我因為跟著大家把堤防設定成終點目標，所已經常在沙灘上奔跑。那個毫無遮攔，彷彿近在眼前的堤防，實際上當然遠過目測的距離許多，這倒讓我在不知不覺當中，練就出一雙好腳力，使得我出外旅行（尤其是自助旅行）時，經常得助於這雙耐操的腳，可以從一大早走到天黑都不叫累。

健走讓我在蒙古國爬上草原高處的高處，極目草原之外還有草原的遼闊，也在大清早站上草原之巔，遇到突如其來的風擎雨驟；在巴拿馬離島目睹中國移民後代身分認同上的困頓與無奈；在印度首都德里經歷絕對是這輩子在一天之內碰到最多騙子，卻還能安然脫身的刺激；在達賴喇嘛流亡政府所在地的德蘭薩拉切身感受流亡藏族的身心焦慮；更難忘記母子兩人因誤喝印巴邊境小販的瓶裝水，在錫克教聖地阿姆利澤差點命喪異地，卻能巧遇貴人適時相助的不可思議；也曾在港澳高高低低的階梯之間，體會那裡的天空為何特別高的道理，感同身受老人與身障者是如何忍受港澳居的大不易；在韓國首爾目睹遠遊者與老弱，連過個馬路搭地下鐵，都可以有顯得狼狽的時候；在柬埔寨碰到一個言語不通，卻能以心相通的年輕車伕，在亂局頻傳的環境裡，仍可不失真性情的感動；在北越則受惠於一個智勇雙全的巴士司機，在我們半路遇到車禍，一群牛羊、旅客、雙向來車，互不相讓，塞死山上山下唯一的通路時，獨獨他自告奮勇地跑下車，在一片焦急的謾罵聲中卡死的黃昏困局裡，運籌帷幄、指揮若定地疏通交通，然後不可預期地星月兼程，開著巴士瘋狂的繼續在夜色中追逐班次甚少的臥鋪火車，負責任的把我們送到下一個火車還沒進站的火車站，交代清楚以後，默默地隱入暗夜……，這些都一一組成我人生曲調的難忘音符。

感謝父母帶我來到這個世界，讓我儘管走千山、過萬水，發現最愛的終究還是生養自己的地方。感謝李魁賢前輩，沒有他以詩開拓台灣的國際能見度，就沒有蒙古、古巴、智利，以及接下來還可能繼續發生的，不可預期的驚奇與美麗。

含笑詩叢11　PG1748

為何旅行
──林鷺詩集

作　　者　林　鷺
責任編輯　林昕平
圖文排版　周妤靜
封面設計　王嵩賀

出版策劃　釀出版
製作發行　秀威資訊科技股份有限公司
114 台北市內湖區瑞光路76巷65號1樓
電話：+886-2-2796-3638　傳真：+886-2-2796-1377
服務信箱：service@showwe.com.tw
http://www.showwe.com.tw
郵政劃撥　19563868　戶名：秀威資訊科技股份有限公司
展售門市　國家書店【松江門市】
104 台北市中山區松江路209號1樓
電話：+886-2-2518-0207　傳真：+886-2-2518-0778
網路訂購　秀威網路書店：http://www.bodbooks.com.tw
國家網路書店：http://www.govbooks.com.tw
法律顧問　毛國樑　律師
總 經 銷　聯合發行股份有限公司
231新北市新店區寶橋路235巷6弄6號4F
電話：+886-2-2917-8022　傳真：+886-2-2915-6275

出版日期　2017年3月　BOD一版
定　　價　270元

國家圖書館出版品預行編目

為何旅行：林鷺詩集 / 林鷺著. -- 一版. -- 臺北市：釀出版, 2017.03
面； 公分. -- (含笑詩叢；11)
BOD版
ISBN 978-986-445-184-5(平裝)

851.486 106000030

讀者回函卡

感謝您購買本書，為提升服務品質，請填妥以下資料，將讀者回函卡直接寄回或傳真本公司，收到您的寶貴意見後，我們會收藏記錄及檢討，謝謝！

如您需要了解本公司最新出版書目、購書優惠或企劃活動，歡迎您上網查詢或下載相關資料：http:// www.showwe.com.tw

您購買的書名：________________________________

出生日期：________年________月________日

學歷：□高中（含）以下　□大專　□研究所（含）以上

職業：□製造業　□金融業　□資訊業　□軍警　□傳播業　□自由業

□服務業　□公務員　□教職　□學生　□家管　□其它____

購書地點：□網路書店　□實體書店　□書展　□郵購　□贈閱　□其他

您從何得知本書的消息？

□網路書店　□實體書店　□網路搜尋　□電子報　□書訊　□雜誌

□傳播媒體　□親友推薦　□網站推薦　□部落格　□其他________

您對本書的評價：（請填代號　1.非常滿意　2.滿意　3.尚可　4.再改進）

封面設計____　版面編排____　內容____　文／譯筆____　價格____

讀完書後您覺得：

□很有收穫　□有收穫　□收穫不多　□沒收穫

對我們的建議：________________________________

____

____

____

請貼
郵票

11466
台北市內湖區瑞光路 76 巷 65 號 1 樓
秀威資訊科技股份有限公司 收
BOD 數位出版事業部

（請沿線對折寄回，謝謝！）

姓　　名：＿＿＿＿＿＿＿＿　年齡：＿＿＿＿　性別：□女　□男

郵遞區號：□□□□□

地　　址：＿＿＿＿＿＿＿＿＿＿＿＿＿＿＿＿

聯絡電話：(日) ＿＿＿＿＿＿＿＿　(夜) ＿＿＿＿＿＿＿＿

E-mail：＿＿＿＿＿＿＿＿＿＿＿＿＿＿＿＿